戦争と平和のものがたり

1

ちいちゃんのかげおくり

西本鶏介・編

武田美穂・絵

ポプラ社

もくじ

著者略歴

◎**あまんきみこ**

1931年、旧満州に生まれる。主な作品に、「車のいろは空のいろ」シリーズ、『おっこちゃんとタンタンうさぎ』『きつねのかみさま』『鳥よめ』など、数多くの児童文学、童話、絵本がある。

◎**花岡大学**（はなおか・だいがく）

1909年、大阪府に生まれ、一歳のとき多くの作品の舞台となる奈良県の吉野に移る。主な作品に『かたすみの満月』『ゆうやけ学校』『花ぬすっと』などがある。1988年没。

◎**さねとうあきら**

1935年、東京都に生まれる。創作民話集『地べたっこさま』、戦争をテーマに描いた『神がくしの八月』、戯曲に『ふりむくなペドロ』『ゆきと鬼んべ』はじめ多数の作品がある。

◎**長崎源之助**（ながさき・げんのすけ）

1924年、神奈川県に生まれる。戦争中の子どもたちを描いた作品を数多く発表。主な作品に、『ヒョコタンの山羊』『あほうの星』『トンネル山の子どもたち』などがある。2011年没。

◎**新美南吉**（にいみ・なんきち）

1913年、愛知県に生まれる。主な作品に、『ごんぎつね』『手ぶくろを買いに』『おじいさんのランプ』『花のき村と盗人たち』『正坊とクロ』などがある。1943年没。

◎**灰谷健次郎**（はいたに・けんじろう）

1934年、兵庫県に生まれる。作品に、『兎の眼』『太陽の子』『ワルのぽけっと』『せんせいけらいになれ』、「天の瞳」シリーズなどがあり、幅広い層の読者に支持される。2006年没。

ちいちゃんのかげおくり

あまんきみこ

「かげおくり」って遊《あそ》びを、ちいちゃんにおしえてくれたのは、おとうさんでした。
※出征《しゅっせい》するまえの日、おとうさんは、ちいちゃん、おにいちゃん、おかあさんをつれて、先祖《せんぞ》のはかまいりにいきました。
その帰り道、青い空を見あげたおとうさんがつぶやきました。

「かげおくりの、よくできそうな空だなあ。」

「えっ、かげおくり？」

と、おにいちゃんがききかえしました。

「かげおくりって、なあに？」

と、ちいちゃんもたずねました。

「十《とお》、かぞえるあいだ、かげぼうしをじっと見つめるのさ。十、といったら、空を見あげる。すると、かげぼうしがそっくり空にうつって見える。」

と、おとうさんが説明《せつめい》しました。

「とうさんやかあさんが子どものときに、よく遊《あそ》んだものさ。」

「ね。いま、みんなでやってみましょうよ。」

と、おかあさんが、よこからいいました。

ちいちゃんとおにいちゃんをなかにして、四人は手をつなぎました。

そして、みんなで、かげぼうしに目をおとしました。

「まばたきしちゃ、だめよ。」

と、おかあさんが注意《ちゅうい》しました。

「まばたきしないよ。」

ちいちゃんとおにいちゃんが、やくそくしました。

「ひとーつ、ふたーつ、みーっつ。」

※**出征**《しゅっせい》　軍隊《ぐんたい》にくわわって戦地《せんち》にいくこと。

と、おとうさんがかぞえだしました。

「よーっつ、いつーつ、むーっつ。」

と、おかあさんの声も、かさなりました。

「なーつ、やーっつ、ここのーつ。」

ちいちゃんとおにいちゃんも、いっしょにかぞえだしました。

「とお！」

目のうごきといっしょに、白い四つのかげぼうしが、すうっと空にあがりました。

「すごーい。」

と、おにいちゃんがいいました。

「すごーい。」

と、ちいちゃんもいいました。

「きょうの記念写真《きねんしゃしん》だなあ。」

と、おとうさんがいいました。

「大きな記念写真だこと。」

と、おかあさんがいいました。


つぎの日。

おとうさんは、白いたすきをかたからななめにかけ、日の丸の旗《はた》におくられて、列車《れっしゃ》にのりました。

「からだの弱いおとうさんまで、いくさにいかなければ、ならないなんて。」

おかあさんが、ぽつんといったのが、ちいちゃんの耳にはきこえました。

ちいちゃんとおにいちゃんは、かげおくりをして遊《あそ》ぶようになりました。

ばんざいをした、かげおくり。

かた手をあげた、かげおくり。

足をひらいた、かげおくり。

いろいろなかげを、空におくりました。

けれど、いくさがはげしくなって、かげおくりなど、できなくなりました。この町の空にも、※焼夷弾《しょういだん》や爆弾《ばくだん》をつんだ飛行機《ひこうき》がとんでくるようになりました。

そうです。広い空は、楽しいところではなく、とてもこわいところにかわりました。

※焼夷弾 攻撃対象《こうげきたいしょう》をやきはらうために使《つか》う爆弾。

夏のはじめのある夜、空襲警報《くうしゅうけいほう》のサイレンで、ちいちゃんたちは、目がさめました。

「さあ、いそいで。」

おかあさんの声。

外にでると、もう、赤い火が、あちこちにあがっていました。

おかあさんは、ちいちゃんとおにいちゃんを、両手《りょうて》につないで走りました。

風の強い日でした。

「こっちに、火がまわるぞ。」

「川のほうに、にげるんだ。」

だれかが、さけんでいます。

風があつくなってきました。ほのおのうずが、おいかけてきます。

おかあさんは、ちいちゃんをだきあげて走りました。

「おにいちゃん、はぐれちゃだめよ。」

おにいちゃんが、ころびました。足から、血《ち》がでています。ひどいけがです。おかあさんは、おにいちゃんをおんぶしました。

「さあ、ちいちゃん、かあさんと、しっかり走るのよ。」

けれど、たくさんの人においぬかれたり、ぶつかったり……、ちいちゃんは、おかあさんとはぐれました。

「おかあちゃん、おかあちゃん。」

ちいちゃんはさけびました。

そのとき、知らないおじさんが、いいました。

「おかあちゃんは、あとからくるよ。」

そのおじさんは、ちいちゃんをだいて走ってくれました。

暗《くら》い橋《はし》の下に、たくさんの人が集《あつ》まっていました。

ちいちゃんの目《め》に、おかあさんらしい人が見えました。

「おかあちゃん。」

と、ちいちゃんがさけぶと、おじさんは、

「みつかったかい。よかった、よかった。」

と、おろしてくれました。

でも、その人は、おかあさんではありませんでした。

ちいちゃんは、ひとりぼっちになりました。

ちいちゃんは、たくさんの人たちのなかでねむりました。

朝になりました。

町のようすは、すっかりかわっています。あちこち、けむりがのこっています。どこがうちなのか……。

「ちいちゃんじゃないの？」

という声。

ふりむくと、はすむかいのうちのおばさんが、立っています。

「おかあちゃんは？　おにいちゃんは？」

と、おばさんがたずねました。

ちいちゃんは、なくのをやっとこらえて、いいました。

「おうちのとこ。」

「そう、おうちにもどっているのね。おばちゃん、いまから帰るところよ。いっしょにいきましょうか。」

おばさんは、ちいちゃんの手をつないでくれました。

ふたりは歩きだしました。

家は、やけおちて、なくなっていました。

「ここが、おにいちゃんとあたしの部屋《へや》。」

ちいちゃんがしゃがんでいると、おばさんがやってきて、いいました。

「おかあちゃんたち、ここに帰ってくるの？」

ちいちゃんは、深《ふか》くうなずきました。

「じゃあ、だいじょうぶね。あのね、おばちゃんは、いまから、おばちゃんのおとうさんのうちにいくからね。」

ちいちゃんは、また、深くうなずきました。


その夜《よ》。

ちいちゃんは、※ざつのうのなかにいれてある、※ほしいいをすこしたべました。そして、こわれかかった暗《くら》い※防空壕《ぼうくうごう》のなかでねむりました。

（おかあちゃんと、おにいちゃんは、きっと帰ってくるよ。）

くもった朝がきて、昼がすぎ、また、暗《くら》い夜がきました。

ちいちゃんは、ざつのうのなかのほしいいを、またすこし、かじりました。そして、こわれかかった防空壕《ぼうくうごう》のなかでねむりました。

明るい光が顔にあたって、目がさめました。

(まぶしいな。)

ちいちゃんは、あついような寒《さむ》いような気がしました。ひどくのどがかわいています。

いつのまにか、太陽《たいよう》は、高くあがっていました。

そのとき、

「かげおくりの、よくできそうな空だなあ。」

という、おとうさんの声が、青い空からふってきました。

※**ざつのう** いろいろなものをいれて、肩《かた》からかける布《ぬの》のかばん。
※**ほしいい** たいた米《こめ》をほしてかわかしたもの。
※**防空壕** 空襲《くうしゅう》のときに避難《ひなん》するため、地《ち》をほって作ったあな。

「ね。いま、みんなで、やってみましょうよ。」

という、おかあさんの声も、青い空からふってきました。

ちいちゃんは、ふらふらする足をふみしめて立ちあがると、たったひとつのかげぼうしを見つめながら、かぞえだしました。

「ひとーつ、ふたーつ、みーっつ。」

いつのまにか、おとうさんの低《ひく》い声が、かさなって、きこえだしました。

「よーっつ、いつーつ、むーっつ。」

おかあさんの高い声も、それにかさなって、きこえだしました。

「なな一つ、やーっつ、ここのーつ。」

おにいちゃんの、わらいそうな声も、かさなってきました。

「とお！」

ちいちゃんが空を見あげると、青い空に、くっきりと白いかげが四つ。

「おとうちゃん。」

ちいちゃんはよびました。

「おかあちゃん、おにいちゃん。」

そのとき、からだが、すうっとすきとおって、空にすいこまれていくのがわかりました。


一面《いちめん》の空の色。

ちいちゃんは、空色の花畑《はなばたけ》のなかに立っていました。

見まわしても、見まわしても、花畑。

(きっと、ここ、空の上よ。)

と、ちいちゃんは思いました。

（ああ、あたし、おなかがすいて、かるくなったから、ういたのね。）

そのとき、むこうから、おとうさんと、おかあさんと、おにいちゃんが、わらいながら歩いてくるのが見えました。

（なあんだ。みんな、こんなところにいたから、こなかったのね。）

ちいちゃんは、きらきら、わらいだしました。わらいながら、花畑《はなばたけ》のなかを走りだしました。

夏のはじめのある朝。

こうして、小さな女の子のいのちが、空にきえました。

それから、何十年。

町には、まえよりもいっぱい、家がたっています。

ちいちゃんが、ひとりでかげおくりをしたところは、小さな公園になっています。

青い空の下。

きょうも、おにいちゃんや、ちいちゃんぐらいの子どもたちが、きらきら、わらい声をあげて、遊《あそ》んでいます。

かきとラッパ

花岡大学

ざく、ざく、ざくと、くつおとがします。かきを二つも三つももったまま、たけまささんは、あわてておもてへとびだしました。見ると、やなぎの林のなかの、白い県道《けんどう》を、たくさんな兵隊《へいたい》さんが、歩いていました。

「わあっ、兵隊さんだ。」

すると、ちいさい黒い頭が、五つも六つも、家のなかからとびだしてきて、声をそろえていいました。

「わあっ、とっても、たくさんな兵隊さんだ、見に行こう、見に行こう。」

たけまささんたちは、ほそいあぜ道を、いなごのようにすばやくかけおりました。みんな両手《りょうて》に、まっ赤《か》にうれたかきをもっているので、なかなかうまくはしれません。

そのとき、とつぜん、ラッパがなりました。たけまささんたちは、びっくりしてたちどまりました。

ラッパがなったかと思うと、兵隊《へいたい》さんたちは、いっときにかたから銃《じゅう》をおろし、それを道のかたがわにくみ、※はいのうをおろして、すばやくこしをおろし、たばこをのみだしました。

「いっぷくだ。兵隊さんのいっぷくだ。」

たけまささんたちは、いそいで休んでいる兵隊さんたちのそばへ行きました。

やなぎの木のみきによりかかって、たばこをすっていたラッパをもった兵隊さんが、遠くからたけまささんたちに、どなりました。

「おい、こら、こどもくん。」

たけまささんは、ラッパをみつけて、

「さっきのラッパは、あの兵隊さんがふいたんだよ。」

※はいのう　皮《かわ》や布《ぬの》で作った、背中《せなか》にせおうかばん。

といいながら、

「うん。」

とへんじをして、ぞろぞろそばへ行きました。

兵隊《へいたい》さんは、にこにこしています。

「こどもくん、そのかき、ぼくにくれないか。」

みんなは両手《りょうて》にもったかきを、もちなおして、しりごみしました。

「くれろよ。」

兵隊さんは手をだしてふります。

たけまささんは、みんなの前へ出ていました。

「ラッパ、ふいてくれる?」

「いやだ。」

「ラッパ、ふいてくれなきゃ、あげないよ。」

たけまささんは、かきをうしろへかくして頭をふりました。

「うまそうだな、ほしいな、くれろよ。」

兵隊《へいたい》さんは、ラッパをつかんでいいました。

「ぼくの村でも、いまごろ、そんなかきが、みごとにうれているころだろう。」

それでもたけまささんは、いじわるにいいました。

「ちょっとでいいや。」

みんなも、まねしていいました。

「ちょっとでいいや、ぼくらもあげるよ。」

「よし、ふいてやる。さきにかきをくれろ。」

兵隊さんのさしだした、大きな手に、みんなは一つずつ、かきをわたしました。

兵隊《へいたい》さんは、ラッパを口にあてました。

「ト、テ、ト、テ、ト、テタ。」

ラッパがなると、休んでいたたくさんな兵隊さんたちは、いっときにたちあがり、はいのうをおい、銃《じゅう》をもち、四れつにきちんとならびました。

えらいらしい人が、よこから、

「前へ、すすめ。」

と、ごうれいをかけました。

兵隊さんたちは、ざくざくざくとあるきはじめました。

せんとうにたった、ラッパをもった兵隊さんは、かた手にきれいな、しゅいろにうれたかきをさげて、ふりかえってたけまささんたちにいいました。

「こら、こどもくん、さよなら。」

たけまささんたちは、わらいながら声をそろえてどなりました。

「ラッパの兵隊《へいたい》さん、バンザイ、ラッパの兵隊さん、バンザイ。」

戦争《せんそう》にでかけたおしらさま

さねとうあきら

おしらさまというのは、家のまもり神《がみ》だった。

木のぼうに、ぺらぺらのきものをなんまいもかぶせた、ただそれだけの神さまだったが、その家に、こまったこと、おそろしいできごとがあれば、きまってたすけてくれたもんだ。

仙吉《せんきち》の家にまつってあったのは、とびきりごりやくのあるおしらさまで、うまやで火事《かじ》があったときは、まくらもとをぴょんぴょんとびまわって、みんなをおこしてまわったし、ききんの年に、種《たね》も実《み》までたべつくして、田植《たう》えもできなくなったときに、しらないうちに田植えをすませて、あぜ道でどろんこになっていたのは、このおしらさまだったということだ。

だから仙吉のおばばは、この神さまをたいせつにして、毎年、仙吉のきものをつくってやるときは、かならずちっこいきものもぬってやり、

「これで、はぁ、正月がむかえられるぞ。」

と、木のぼうの神《かみ》さまにきせてやったもんだ。

ひとりむすこの仙吉《せんきち》にとって、この神さまは、いいあそびあいてだった。


いちどは、おもてにこの神さまをつれだして、村のわんぱくどもにとりあげられてしまったが、なくなく家にもどったら、もとのおくざしきに、ちゃっかりまいもどっていたじゃないか！

「おらんちのまもり神だもの、どうでもこうでも、もどってくるわ。」

と、おばばはおどろきもしなかったが、このときばかりは、木のぼうの神さまにやどった、ふしぎな力を思いしらされて、仙吉はふるえがとまらなかった。


仙吉が大きくなるにつれ、戦争《せんそう》はだんだんはげしくなった。

村のわかいもんは、つぎつぎに兵隊《へいたい》にとられ、戦争《せんそう》にでかけていった。

（仙吉《せんきち》が兵隊にとられたら、どうしよう！）

仙吉のおっかあは、それればかりしんぱいした。

村のはちまんさまに、こっそりでかけていって、

（どうか、うちの仙吉だけは、戦争にゆかかねえようにしてけろ。）

と、いっしんにいのった。

「あれまあ、ねっしんにおみやまいりしてるでねえか。なんのおねがいだね。」

そんなすがたを、村のおまわりさんにみつかって、仙吉のおっかあは、へどもどした。

「いえね、うちの仙吉が、りっぱな兵隊になって、はやく大てがらたてろって、おいのりしてますだよ。」

と、じぶんのきもちと、あべこべのことをいっちまったが、こんなうそをついたたたりだろう、それから十日もたたないうちに、仙吉《せんきち》を兵隊《へいたい》にとる、赤※がみがとどけられたんだ。

「仙吉よう、どんなことがあっても、死《し》んだりするな。空をとんででも、おらんとこへ、もどってくるだぞ。」

と、おっかあは仙吉にかじりついて、ぽてぽてなみだをこぼしたが、

「なんの、なんの、この神《かみ》さまがついてりゃ、仙吉が死ぬわけはねえ。」

おばばは、木のぼうの神さまを、まごの手にしっかりにぎらせた。

こんなわけで、仙吉の家のまもり神も、戦争《せんそう》にでかけることになったんだ――。

おしらさまは、仙吉のはらまきにもぐりこんで、はるばる海をわたることになった。

※赤がみ　戦争《せんそう》にいくことを命令《めいれい》する文書《ぶんしょ》。

兵隊《へいたい》をぎっしりつめこんだ船のそこは、いきがつまりそうに暑《あつ》くるしかったが、おしらさまだって、日本の神《かみ》さまだ。

（お国のためだ。がまん、がまん。）

と、兵隊になったつもりで、がんばった。

「あらら、おらのあせで、ぐしょぬれでねぇか、もったいねぇ。」

ある夜のこと、きゅうくつそうに、はらまきにおしこまれているおしらさまを、仙吉《せんきち》はおもての風にあててやることにした。

船のかんぱんにでると、すずしい海の風がわたって、空いちめんに、すずなりの星がまたたいていた。

ここで見あげる星は、ひとつぶひとつぶがでっかくて、村まつりのちょうちんの火を見ているようだった。

（はてさて、戦争《せんそう》のつもりででかけたんだが、どこで戦争をやっている

ものやら……。)

仙吉《せんきち》のうでにだかれて、おしらさまは、うっとりと星空を見あげた。

天のはてから、ぽろろん、ぽろろんと、星のささやきがきこえてきそうな、それはそれはうつくしい夜だった。

(ほんとに、戦争《せんそう》なんだべか?)

おしらさまが、うとうとねむりかけながら、そんなことを考えていたときだ。

どかーん、びりびりん!

目のまえに、まっかな火ばしらがあがり、おしらさまのねむけを、ひといきにふきとばした。

てきの潜水艦《せんすいかん》の、こうげきをうけたのだ。

……ざんぶら、ざんぶら、波《なみ》にあらわれて、おしらさまはようやく気がついた。

からだは、波《なみ》にういていたが、あたりいちめん、火の海だった。

(仙吉《せんきち》はどうした?)

家のまもり神《がみ》は、かわいい仙吉のすがたをさがしもとめたが、死《し》んだ兵隊《へいたい》や、きずついた兵隊が、波のうえをおおぜいひしめきあっていて、とてもじゃないが、仙吉をさがせたものではない。

(そうじゃ。このいちだいじを、家のもんにおしえてやらねば……!)

おしらさまは、ひといきに空にとびたとうとした。

しかし、水につかったきものがおもたすぎて、なんべんも海につれもどされた。

波のうねりに身《み》をよせて、やっとのことで、きものをはぎとってもらうと、いまはくろこげの一本のぼうになって、よたよた空にまいあがった。

日本までの道のりは遠かった。

夜があけて、南の太陽《たいよう》がてりつけると、やけこげたおしらさまは、からだじゅうから、ぱちぱち火のこがはぜそうになった。

(うーぬ、なにくそ! おらぁ、家のまもり神《がみ》じゃ。どうでも仙吉《せんきち》の家にまいもどらねば……!)

と、おしらさまは、じぶんにいいきかせて、海のかもめよりもおそく、よたよたととびつづけた。

なつかしいふるさとの山をこえ、やっとのことで、仙吉の家のわら屋《や》根《ね》をみつけたとき、

(ふわわ、ついたぁ……!)

くるくるてん！　と、目をまわして、おしらさまは、そのにわさきにおっこちていった。

やがて、おとむらいのれつがやってきた。

仙吉《せんきち》のおっかあが、しろい木のはこをかかえ、おばばが、おいはいをだいていた。

「仙吉よう、どうでも、もどれといったのに。あー、おらんちのおしらさまは、おめえをまもってくれなかったのけ？」

おっかあは、木のはこにむかって、くどくどいいつづけた。

「なんの、なんの、そのはこんなかは、からっぽだ。仙吉のなまえをかいた紙が、はいってるだけでねぇか。あのおしらさまがついていながら、仙吉をころすようなまねなさるわけはねぇ。」

かきの木のしたで、それをきいていたおしらさまは、はずかしいやら、なさけないやら……、からだじゅうからぶすぶす、白いけむりがでそうになった。

「おらんとこの神《かみ》さまが、おらたちのなんぎ見て、だまってなさるわけはねぇだよ。」

おばばはそういいながら、かきの木のしたをとおりぬけた。

そのはずみに、いやというほど、黒こげのおしらさまをふんづけて、みしりとふたつにおった。

からからと、あざけるように風がまいあがり、おしらさまは、それっきり地べたにもぐりこんで……、やがて土になった。

大もりいっちょう

長崎源之助

むかし、戦争《せんそう》がありました。

子どもたちは空襲《くうしゅう》からのがれて、学校ぐるみ、いなかへそかいしました。※

ススムたちがいったのは、山のなかのふるいお寺でした。

家族《かぞく》から遠くはなれてくらす、そかいの生活はつらいことばかりでした。

なかでも、いちばんつらかったのは、食事《しょくじ》がとてもすくなかったことです。


「くいてえ、くいてえ、くいてえなあ。はらいっぱい、くいてえなあ。」

ヒコジときたら、いつも、そんなことをいっていました。

「だまれ。おまえの声をきくと、よけいはらがへらあ。」

班長《はんちょう》のコウタがしかると、ちょっとのあいだだけ、いうのをやめます

が、すぐにまた、
「くいてえ、くいてえ、くいてえなあ。」
をくりかえしました。
ヒコジのもんくをきいて、ススムは、おかあさんのざっしにのってい
たデコレーションケーキの写真《しゃしん》を思いだしました。
「ああ、あんなすばらしいおかし、はらいっぱいたべたら、どんなにい
いだろうなあ。」
と、考えました。
絵をかくのがすきなススムは、そのデコレーションケーキをあたまに
うかべながら、かいてみました。
いろいろな色のクレヨンをつかって、いっしょうけんめい、おいしそ
うにかきました。

※そかい　空襲《くうしゅう》などによる損害《そんがい》をすくなくするため、都市《とし》などに集中《しゅうちゅう》している住民《じゅうみん》を地方《ちほう》に分散《ぶんさん》すること。

「ほう、うまそうじゃんか。これ、おれにくれよ。な、いいだろ。」

コウタは、絵をひったくると、むしゃむしゃと、たべるまねをしました。

「うわあ、うめえ。とってもうめえぞお。」

コウタのいいかたが、ほんとうにおいしそうでしたので、子どもたちは、ごくりとつばをのみこみました。

「おい、ススム、おれにもかいてくれよ。おれは、とんカツがいいや。」

とマサオがいいました。

「ススム、おれには、にぎりずしをたのむな。」

ハジメもいいました。

ほかの子どもたちも、口ぐちにすきなものをちゅうもんしました。

カレーライス、あんパン、ごもくそば、あんころもち、いなりずし、ビフテキ、エビフライ……。

もうずいぶん長いあいだ、お目にかかってないものばかりでした。

「おれにもたのむよ、ススム。おれは白いごはんだけでいいからさ、どんぶりに大もりにしておくれよ。な、な、たのむよ。」

ヒコジは、はなじるをすすりながらいいました。

「白いごはんなんて、かんたんにかけるだろ。だからさ、さきにかいておくれよ。」

「なにいってるんだ。おまえなんか、いちばんあとだ。」

と、コウタは、ヒコジをつきとばしていいました。

「それより、ススム、おれにうなどんをいっちょうたのむよ。大しきゅうだ。」

コウタは、力もちでらんぼうものです。

コウタのいうことをきかないと、どんなにいじめられるか、わかりませんので、ススムは、まずコウタのうなどんをかきました。

それから、とんカツや、にぎりずしや、あんパンや、カレーライスなどを、つぎつぎにかきました。

かきあがるたびに、食堂《しょくどう》のむすこのアサキチが、

「うなどん、いっちょう、あがりーっ。」

とか、

「とんカツ、いっちょう、あがりーっ。」

などと、どなりました。

アサキチは、ススムのそばにつきっきりで、絵をかくのをしたなめずりしながら見ていました。

ススムも、たべものの絵をかいているときだけが、しあわせでした。

子どもたちは、朝はやくおきると、東京《とうきょう》のほうにむかって、
「おとうさん、おかあさん、おはようございます。」
と、あいさつしました。
どんな寒《さむ》い日でも、かんぷまさつ※をしました。
あばらぼねのうきでた、ぺちゃんこなむねをして、
「いっち、にっ。いっち、にっ。」
と、手ぬぐいでからだをこすりました。
そのあと、手が切れそうなつめたい水で、ろうかや本堂《ほんどう》の板《いた》の間《ま》のぞうきんがけです。
それから、やっと朝の食事《しょくじ》になります。
ほんのすこしの麦《むぎ》めしと、実《み》などろくにはいってないみそしるです。
たべおわると、がっかりしてしまって、たべるまえより、よけいおな

かがへったようなきもちになりました。

勉強《べんきょう》はすこしだけしかやらないで、毎日、山へたきぎをとりにいきました。

あまりごはんをたべてないので、たきぎをしょって、けわしい山道をのぼったりくだったりするのは、とてもたいへんでした。

子どもたちは、青い顔をして、ふうふう、あえぎました。

「くいてえ、くいてえ、くいてえなあ。」

ヒコジは、歩きながら、口のなかでくりかえしていました。

ある日、ヒコジはおなかをこわしました。

おちていたみかんのかわをたべたのが、もとだそうです。

そのばん、ヒコジは、夕ごはんぬきをいいわたされました。

ひとりたべなければ、そのぶんだけ、じぶんたちがよけいたべられる

※かんぷまさつ　肌《はだ》をかわいた手ぬぐいなどで直接《ちょくせつ》こする健康法《けんこうほう》。

ので、みんなよろこびました。

ヒコジは、げっそり目をくぼまして、なきべそをかいていいました。

「なあ、ススム、おれに大もりの絵をかいておくれよ。なあ、たのむよ。」

でも、ススムは、絵をかいてやりませんでした。

どんぶりに白い大もりのごはんをかくだけなんか、おもしろくもなんともありませんものね。

それに、ススムは、ヒコジをすこしばかにしていたので、ヒコジのいうことなんか、きいてやるつもりはありませんでした。

ススムは、ほかの子のちゅうもんの絵をせっせとかきました。

「ああ、うめえ。ほっぺたがおちそうだ。」

子どもたちは、わざとヒコジに見せびらかしながら、たべるまねをしました。

ヒコジは、こらえきれなくなって、なきだしてしまいました。

そのばん、ヒコジはお寺からにげだしたのです。

朝になって気がついた先生たちは、むちゅうでさがしました。

ヒコジは、高いがけの下におちて、しんでいました。

夜道にまよって、足をふみはずしたのでしょう。

ヒコジは、おなかがすいて、にげだしたにちがいありません。

東京の家にかえれば、なにかたべられるとでも思ったのでしょう。

「くいてえ、くいてえ、くいてえなあ。」

ヒコジは、白いごはんをはらいっぱいたべるしあわせをゆめみながら、むちゅうでかけていったことでしょう。

ススムは、木々《きぎ》のあいだに星がちかちかこおっているくらい道を、ヒ

コジがのぼっていくすがたを想像《そうぞう》しました。

(もし、ぼくが大もりの絵をかいてやっていたら、ヒコジはにげなかったかもしれない。そうすれば、がけからおちなくてもすんだんだ。ヒコジをころしたのは、ぼくかもしれない。)

そう思うと、ススムは心がこおりつきました。

ススムは、白いごはんを大もりにした絵をかいて、ヒコジのつくえにのせました。

「大もりいっちょう、あがりーっ。」

むねのなかでいったら、なみだがどっとあふれました。

ごんごろ鐘《がね》

新美南吉

三月八日。

おとうさんが、夕方、村会からかえってきて、こうおっしゃった。

「ごんごろ鐘《がね》を※献納《けんのう》することにきまったよ。」

おかあさんはじめ、うちじゅうのものがびっくりした。が、ぼくはあまりおどろかなかった。ぼくたちの学校の門や鉄《てつ》さくも、もうとっくに献納したのだから、尼寺《あまでら》のごんごろ鐘だって、お国のために献納したっていいのだと思っていた。でも、小さかったときからあの鐘に朝晩《あさばん》したしんできたことを思えば、ちょっとさびしい気もする。

おかあさんが、

「まあ、よく※庵主《あんじゅ》さんがご承知《しょうち》なさったね。」

とおっしゃった。

「ん、はじめのうちは、村のご先祖《せんぞ》たちの信仰《しんこう》のこもったものだからとか、ご本山《ほんざん》のおゆるしがなければとかいって、ぐずついていたけれど、けっきょく気まえよく献納《けんのう》することになったよ。庵主《あんじゅ》だって日本人にかわりはないわけさ。」

ところで、このごんごろ鐘《がね》を献納するとなると、ぼくはだいぶん書きとめておかねばならないことがあるのだ。

第一《だいいち》、ごんごろ鐘という名まえの由来《ゆらい》だ。樽屋《たるや》の木之助《きのすけ》じいさんの話では、この鐘をつくった鐘師《かねし》がひどいぜんそくもちで、しょっちゅうのどをごろごろいわせていたので、それが鐘にもうつって、この鐘をたたくと、ごオんのあとに、ごろごろという音がかすかにつづく。それでだれいうとなく、ごんごろ鐘とよぶようになったのだそうだ。

しかしこの話はどうもあやしい、とぼくは思う。人間のぜんそくが鐘にうつるというところがへんだ。それなら、人間の腸《ちょう》チブスが鐘にうつ

※**献納**　国に金品《きんぴん》をさしあげること。　※**庵主**　尼寺《あまでら》の主《あるじ》。

るということもあるはずだし、人間のジフテリヤが鐘《かね》にうつるということもあるはずである。それじゃ鐘の病院《びょういん》もたたなければならないことになる。

ぼくと松男君《まつおくん》はいつだったか、論《ろん》よりしょうこ、ごんごろ鐘がはたしてごんごろごろと鳴るかどうか、ためしにいったことがある。しずかなときをぼくたちはえらんでいった。鐘楼《しょうろう》の下にあじさいがさきかかっている、まひるどきだった。松男君が腕《うで》によりをかけて、あざやかに一つ、ごオん、とついた。そしてふたりは耳をすましてきいていたが、余韻《よいん》がわあんわあんと波《なみ》のようにくりかえしながら消《き》えていったばかりで、ぜんそくもちのたんのような音はぜんぜんしなかった。そこでぼくたちは、この鐘の健康状態《けんこうじょうたい》はすこぶるよろしい、と診断《しんだん》したのだった。

また紋次郎《もんじろう》君とこのおばあさんの話によると、この鐘を鋳《い》た人が、三《み》河《かわ》の国のごんごろうという鐘師《かねし》だったので、そうよばれるようになったんだそうだ。鐘のどこかに、その鐘師の名がほりつけてあるそうな、とばあさんはいった。

これは木之助《きのすけ》じいさんの話よりよほどほんとうらしい。しかしぼくは、大学にいっているぼくのにいさんの話が、いちばん信《しん》じられるのだ。兄さんはこういった。

「それはきっと、ごんごん鳴るので、はじめにだれかがごんごん鐘といったのさ。ごんごん鐘ごんごん鐘といっているうちに、だれかがいいちがえて、ごんごろ鐘といっちまったんだ。すると、ごんごろ鐘のほうがごんごん鐘よりごろがいいので、とうとうごんごろ鐘になったのさ。」

ぼくは小さかったときには、ごんごろ鐘をずいぶん大きいものと思っていた。しかし国民《こくみん》※六年にもうじきなろうという現在《げんざい》では、それほど大

※**国民**　国民学校。当時《とうじ》、初等教育《しょとうきょういく》をおこなっていた学校。

きいとは思わない。直径《ちょっけい》が約《やく》七十センチだから、周囲《しゅうい》は70cm×3.14＝219.8cmというわけだ。おとうさんが奈良《なら》で見てきた鐘《かね》というのは、直径が二メートルぐらいあったそうだから、そんなのにくらべれば、ごんごろ鐘は鐘の赤んぼうにすぎない。

しかしぼくたち村の者《もの》にとっては、いつまでもわすれられない鐘だ。なぜなら、尼寺《あまでら》の庭《にわ》の鐘楼《しょうろう》の下は、村の子どものたまり場だからだ。ぼくたちが学校にあがらないじぶんは、毎日そこで遊《あそ》んだのだ。学校にあがってからでも学校がひけたあとでは、たいていそこにあつまるのだ。

夕方、庵主《あんじゅ》さんが、もう鐘をついてもいいとおっしゃるのをまってて、ぼくらは撞木《しゅもく》をうばいあってついたのだ。また、ごんごろ鐘は、ぼくたちのすぎの実《み》でっぽうや、草の実でっぽうのたまをどれだけうけて、そのたびにかすかな澄《す》んだ音でぼくたちの耳をたのしませてくれたかしれない。

思えば、ごんごろ鐘《がね》についての思い出は、数かぎりがない。

三月二十二日。

春休み第《だい》二日のきょう、ごんごろ鐘《がね》がいよいよ「出征《しゅっせい》」することになった。

うさぎにたんぽぽをやっていると、用吉君《ようきちくん》が、いまおろすところだよ、といってきたので、おくれちゃたいへんと、桑畑《くわばたけ》の中の近道を走っていった。四郎五郎《しろごろう》さんのやぶの横《よこ》までかけてくると、まだ三百メートルほど走ったばかりなのに、あつくなってきたので、上衣《うわぎ》をぬいでしまった。

尼寺《あまでら》へきてみて、ぼくはびっくりした。まるでお祭《まつ》りのときのような人出である。いや、お祭りのとき以上《いじょう》かもしれない。お祭りには若《わか》い者《もの》や子どもはたくさん出てくるが、こんなに老人《ろうじん》までがおおぜい出てきはしないのだ。つえにすがったじいさん、あごが地につくくらい背《せ》がまがって、ちょうど七面鳥《しちめんちょう》のようなかっこうのばあさん、じぶんでは歩かれないので、息子《むすこ》の背《せ》におわれてきた老人《ろうじん》もあった。こういう人たちも、みなごんごろ鐘《がね》と、目に見えない糸でむすばれているのだ。ぼくはいまさら、この大きくもない鐘が、じつにたくさんの人の生活につながっていることにおどろかされた。

老人たちは、ごんごろ鐘に別《わか》れをおしんでいた。

「とうとう、ごんごろ鐘さまもいってしまうだかや。」

といっているじいさんもあった。

「なんまみだぶ、なんまみだぶ。」

といいながら、ごんごろ鐘をおがんでいるばあさんもあった。

鐘をおろすまえに、青年団長《だんちょう》の吉彦《よしひこ》さんが、とてもよいことを思いついてくれた。長年お友だちであった鐘ともいよいよお別れだから、子どもたちに思うぞんぶんつかせよう、というのであった。

これをきいてぼくたち村の子どもは、わっと歓呼《かんこ》の声をあげた。みなつきたい者《もの》ばかりなので、吉彦《よしひこ》さんはみんなを鐘楼《しょうろう》の下に一列励行《いちれつれいこう》※させた。そしてひとりずつ石段《いしだん》をあがってつくのだが、ひとりのつく数は三つにきめられた。お菓子《かし》の配給《はいきゅう》のときのことを思いだして、ぼくはおかしかった。だが、ごんごろ鐘《がね》を最後《さいご》に三つずつ鳴らさせてもらうこの「配給」は、お菓子の配給以上《いじょう》にみんなに満足《まんぞく》をあたえた。

最後に吉彦さんがじぶんで、大きく大きく撞木《しゅもく》をふって、がオオんん、とついた。わんわんわん、と長く余韻《よいん》がつづいた。すると吉彦さんが、

「西の谷も東の谷も、北の谷も南の谷も鳴るぞや。ほれ、あそこの村も、あそこの村も、鳴るぞや。」

と、なぞのようなことをいった。

※励行《れいこう》　規則《きそく》やきめられたことをきちんとおこなうこと。

「ほんとだ、ほんとだ。」

と、樽屋《たるや》の木之助《きのすけ》じいさんと、ほか二、三人の老人《ろうじん》があいづちをうった。

ぼくはなんのことやらわけがわからなかったので、あとでおとうさんにきいてみたら、おとうさんはこう説明《せつめい》してくれた。

「ごんごろ鐘《がね》ができたのは、わたしのおじいさんの若《わか》かったじぶんで、わたしもまだ生まれていなかったむかしのことだが、そのころは村の人たちはみなお金というものをすこししかもっていなかったので、村中がそのわずかずつのお金をだしあっても、まだ鐘を一つつくるにはたりなかった。そこで、西や東や南や北の谷に住《す》んでいる人たちやら、もっと遠くのあっちこっちの村まで合力《ごうりょく》してもらいにいったんだそうだ。合力というのは、たすけてもらうことなのさ。そうしてようやくできあがった鐘だから、四方の谷の人やむこうの村々《むらむら》の人の心もこもっているわけだ。だからごんごろ鐘《がね》をつくと、その谷や村の音もまじっているようにきこえるのだよ。」

ごんごろ鐘をおろすのは、庭師《にわし》の安《やす》さんが、大きい庭石を動《うご》かすときに使《つか》う丸太や滑車《せみ》を使《つか》ってやった。若《わか》い人たちが手つだった。なれないことだからだいぶん時間がかかった。

ごんごろ鐘はひとまず鐘楼《しょうろう》の下に新むしろをしいて、そこにおろされた。いつも下からばかり見ていた鐘が、こうして横《よこ》から見られるようになると、なにかべつのもののようなへんな感《かん》じがした。※緑青《ろくしょう》がいっぱいついているうえに、いただきのほうにはほこりがつもっているので、かなりきたなかった。庵主《あんじゅ》さんと、よく尼寺《あまでら》の世話《せわ》をするお竹《たけ》ばあさんとが、なわをまるめてごしごしとあらった。

するといままではっきりしなかった鐘の※銘《めい》も、だいぶんはっきりして

※**緑青** 銅《どう》の表面《ひょうめん》にできる銀色《ぎんいろ》のさび。　※**銘** 刻《きざ》まれた文字や文章《ぶんしょう》。

きた。吉彦《よしひこ》さんがちょっと読んでみて、

「こりゃ、お経《きょう》だな。」

といった。それからまた、

「安永《あんえい》なんとか書いてあるぜ。こりゃ安永年間※にできたもんだ。」

といった。すると、どもりの勘太《かんた》じいさんが、

「そ、そうだ。う、う、おれのおやじが、う、う、生まれた年にできた、げな。お、お、おやじは安永の、う、う、生まれだ。」

と、かみつくようにいった。

紋次郎君《もんじろうくん》とこのばあさんが、

「三河《みかわ》のごんごろという鐘師《かねし》がつくったと書いてねえかン。」

ときいた。

「そんなことは書いてねえ、助九郎《すけくろう》という名が書いてある。」

と、吉彦《よしひこ》さんが答えると、ばあさんはなにかぶつくさいってひっこんだ。

和太郎《わたろう》さんが牛車《ぎっしゃ》をひいてきたとき、きゅうに庵主《あんじゅ》さんが、鐘供養《かねくよう》をしたいといいだした。おとなたちは、あまり時間がないし、もうみんなじゅうぶん別《わか》れをおしんだのだから、鐘供養はしなくてもいいだろう、といった。しかし若《わか》い尼《あま》さんは、めがねをかけた顔にしんけんな表情《ひょうじょう》をうかべて、

「いいえ、じぶんのからだをとかして、爆弾《ばくだん》となってしまう鐘ですから、どうしても供養をしてやりとうござんす。」

といった。

おとなたちは、やれやれ、といった顔つきをした。みんな、庵主さんがしようのないがんこ者《もの》であることを知っていたからだ。しかし庵主さんのいうことも道理であった。

※安永年間《あんえいねんかん》　江戸時代《えどじだい》中期の元号《げんごう》。

鐘供養《かねくよう》というのは、どんなことをするのかと思っていたら、ごんごろ鐘のまえに線香《せんこう》を立てて庵主《あんじゅ》さんがお経《きょう》をあげることであった。庵主さんは、よそゆきの茶色のけさを着て、鐘のまえに立つと、手にもっている小さい鉦《かね》をちーんとたたいて、お経をよみはじめた。

はじめはみんなだまってきいていたが、すこしたいくつになったので、お経を知っているおとなたちは、庵主さんといっしょにとなえだした。なんだか空気がしめっぽくなった。まるでおとむらいのような気がした。年よりたちはみなしわくちゃの手を合わせた。

鐘供養がすんで、庭師《にわし》の安《やす》さんたちが、またごんごろ鐘をつりあげると、その下へ和太郎《わたろう》さんが牛車《ぎっしゃ》をひきこんで、うまいぐあいに、牛車の上にのせた。そのとき、黄色いちょうが一つごんごろ鐘をめぐって、土塀《どべい》の外へ消《き》えていった。

和太郎《わたろう》さんが牛を車につけているとき、みんなはまたいろいろなことをいった。

「この鐘《かね》がなしになると、これから※報恩講《ほうおんこう》のときなんかに、人をあつめるのにこまるわなア。」

といったのは、いつもまじめなことしかいわない種《たね》さんだ。

「なあに、学校生徒《せいと》をよんできて、ラッパをふかせりゃええてや。トテチテタアをきいたら、みんな、ほれ報恩講がはじまると思って出かけりゃええ。」

と答えたのは、ひょっとこづらをしてみせることのじょうずな松《まつ》さん。

「ほんなばかな。ラッパでじいさんばあさんをあつめるなどと、ほんなばかな。」

と、種さんはしかたがないようにわらった。

「これでごんごろ鐘《がね》もきっと爆弾《ばくだん》になるずらが、あんがい、四郎五郎《しろごろう》さんとこの正男《まさお》さんの手から敵《てき》の軍艦《ぐんかん》にぶちこまれることになるかもしれんな。」

と吉彦《よしひこ》さんがいった。四郎五郎さんの家の正男さんは、海の荒鷲《※あらわし》のひとりで、いま南の空にかつやくしていらっしゃるのだ。

「うん、そうよなあ。だが正男のやつも、ごんごろ鐘でできた爆弾たあ、知るめえ。爆弾はものをいわねえでのオ。」

と無口《むくち》でがんじょうな四郎五郎さんは、たばこをすいながらぽつりぽつり答えた。

「だが、これだけの鐘なら爆弾が三つはできるだろうな。」

と、だれかがいった。

※報恩講《ほうおんこう》 仏教《ぶっきょう》の各宗派《かくしゅうは》で、毎年宗祖《しゅうそ》のためにおこなわれる法会《ほうえ》。

※荒鷲 勇猛《ゆうもう》な戦闘機《せんとうき》やその搭乗員《とうじょういん》のたとえ。

「そうよなあ、十はできるだら。」

とだれかが答えた。

「いや三つぐれえのもんだら。」

と、はじめの人がいった。

「いいや、十はできるな。」

と、あとの人が主張《しゅちょう》した。ぼくはきいていておかしくなった。爆弾《ばくだん》にも五十キロのもあれば五百キロのもあるというように、いろいろあることを、この人たちは知らないらしい。しかしぼくにも五十キロの爆弾ならいくつできるか、五百キロのならいくつできるか、ということはわからなかった。

いよいよごんごろ鐘《がね》は出発《しゅっぱつ》した。老人《ろうじん》たちは、またほとけのみ名《な》をとなえながら、鐘にむかって合掌《がっしょう》した。

鐘《かね》には吉彦《よしひこ》さんがひとりついて、町の国民学校《こくみんがっこう》の校庭《こうてい》までゆくことになっていた。そこには、近くの村々《むらむら》からあつめられたくず鉄《てつ》の山があるということだった。

ぼくたち村の子どもは、見送《みおく》るつもりでしばらく鐘のうしろについていった。来さん坂もすぎたが、だれひとり帰ろうとしなかった。小松山《こまつやま》のそばまできたが、まだだれも帰るようすを見せなかった。帰るどころか、みんなの顔には、町まで送ってゆこう、という決意《けつい》があらわれていた。

しかしぼくたちは小さい子どもはつれてゆくわけにはいかなかった。そこで松男君《まつおくん》の提案《ていあん》で、新四年以下《いか》の者《もの》はしんたのむねから村へ帰り、新五年以上の者が、町までついてゆくことにきまった。

しんたのむねで、十五人ばかりの小さい者がうしろにのこった。ところが、そこでちょっとした争《あらそ》いがおこった。新四年だから、帰らねばならないはずの比良夫君《ひらおくん》が、帰ろうとしなかったからだ。五年以上《いじょう》の者《もの》が、帰れ帰れ、というと、比良夫君はいうのだった。

「おれあ、いま四年だけれど、一年のときいっぺんすべっとるで、年は五年とおんなじだ。」

なるほど、それも一つのりくつである。しかし五年以上の者は、そんなりくつは通させなかった。とうとう腕《うで》ずくで解決《かいけつ》をつけることになった。

松男《まつお》君が比良夫君にひっくんだ。そして足かけでたおそうとしたが、比良夫君はすもうの選手《せんしゅ》だから、ぎゃくに腰《こし》をひねって松男君をなげだしてしまった。

こんどは用吉《ようきち》君が、とくいの手であいての首をしめにかかったが、反《はん》対《たい》にじぶんの首をしめつけられ、ゆでだこのようになってしまった。

そんなことをしているあいだに、鐘《かね》をのせた牛車《ぎっしゃ》は、もうしんたのむねをおりてしまっていた。五年以上《いじょう》の者《もの》は、気がせいてたまらなかった。ぐずぐずしていると、ついに鐘にいってしまわれるおそれがあった。そこで比良夫君《ひらおくん》のことなんかほっといて、みんな鐘を目がけて走った。総《そう》勢《ぜい》十五人ほどであった。鐘に追《お》いついてみると、ちゃんと比良夫君がうしろについてきていた。みんなはすこしいましく思ったが、考えてみると、それだけ比良夫君の熱心《ねっしん》が強いことになるわけだから、みんなは比良夫君をゆるしてやることにした。

川のつつみに出たとき、紋次郎《もんじろう》君がねこやなぎの枝《えだ》をおってきて鐘にささげた。ささげたといっても、鐘のそばにおいただけである。すると、みんなは、われもわれもと、ねこやなぎをはじめ、桃《もも》や、松《まつ》や、たんぽぽや、れんげそうや、なかにはペンペン草までとってきて鐘《かね》にささげた。鐘はそれらの花や葉《は》でうずまってしまった。

こうして、ぼくたちは村でただ一つのごんごろ鐘を送《おく》っていった。

三月二十三日。

ひるまえ、南道班子《みなみみちはん》ども常会《じょうかい》をするために尼寺《あまでら》へいった。

いつも常会をひらくまえに、境内《けいだい》をみんなでそうじすることになっているのだが、きょうはぼくは一つみんなの気のつかないところをしてやろうと、御堂《みどう》のうらへまわって、やぶと御堂のあいだのしめった落《お》ち葉《ば》をはいた。うらへまわっていいことをしたと思った。それはぼくのすきな白つばきがさいているのをみつけたからだ。

なんというよい花だろう。白い花べんがふかぶかとかさなりあい、花べんのかげがべつの花べんにうつって、ちょっとクリーム色に見える。神《かみ》さまも、この花をつつむには、とくべつ上等《じょうとう》の澄《す》んだやわらかな春光を使《つか》っていらっしゃるとしか思えない。そのうえ、またこの木の葉《は》がすばらしい。一まい一まい、名工がのみでほってつけたような、厚《あつ》いかたい感《かん》じで、黒と見えるほどの濃緑色《のうりょくしょく》は、エナメルをぬったようにつややかで、陽《ひ》のあたるほうの葉《は》は眼《め》にいたいくらい光を反射《はんしゃ》するのだ。

じつにすばらしい花が日本にはあるものだ。いつかおとうさんが、日本ほど自然《しぜん》の美《び》にめぐまれている国はないとおっしゃったが、ほんとうにそうだと思う。

そうじがおわって、いよいよ第《だい》二十回常会《じょうかい》をひらこうとしていると、きこりのような男の人が、顔の長い、耳の大きいじいさんをうば車にのせて、尼寺《あまでら》の境内《けいだい》にはいってきた。

きけばそのじいさんは深谷《ふかだに》の人で、ごんごろ鐘《がね》がこんど献納《けんのう》されるときいて、お別《わか》れにきたのだそうだ。うば車をおしてきたのは、じいさんの息子《むすこ》さんだった。

深谷というのはぼくたちの村から、三キロほど南の山の中にある小さな谷で、ぼくたちは秋きのこをとりにいって、のどがかわくと、水をもらいに立ちよるから、よく知っているが、家が四軒《けん》あるきりだ。電燈《でんとう》がないので、いまでも夜はランプをともすのだ。その近所《きんじょ》にはいまでもきつねやたぬきがいるそうで、冬の夜など、人が便所《べんじょ》にゆくため戸外に出るときには、戸をあけるまえに、まず丸太をうちあわせたり、柱《はしら》を竹でたたいたりして、戸口にきているきつねやたぬきを追《お》うのだそうだ。

おじいさんは、ごんごろ鐘《がね》の出征《しゅっせい》の日を、一日まちがえてしまって、ついにごんごろ鐘にお別《わか》れができなかったことを、たいそうざんねんがり、口を大きくあけたまま、鐘のなくなった鐘楼《しょうろう》のほうを見ていた。

「きのう、お別れだといって、あげん子どもたちが、ごんごん鳴らしたが、わからなかっただかね。」

と庵主《あんじゅ》さんも気のどくそうにいうと、

「ああ、このごろは耳のきこえる日ときこえぬ日があってのオ。きんのは朝から耳ん中ではえが一ぴきぶんぶんいってやがって、いっこうきこえんだった。」

と、おじいさんは答えるのだった。

おじいさんは息子《むすこ》さんに、町までつれていって鐘《かね》に一目あわせてくれ、とたのんだが、息子さんは、仕事《しごと》をしなきゃならないからもうごめんだ、といって、おじいさんののったうば車をおして、門を出ていった。

ぼくたちは、しばらく、塀《へい》の外をきゅろきゅろと鳴ってゆくうば車の音をきいていた。ぼくはおじいさんの心を思いやって、ふかく同情《どうじょう》せずにはいられなかった。

それからぼくたちの常会《じょうかい》がはじまった。するとまっさきに松男君《まつおくん》が、

「ぼくに一つあたらしい提案《ていあん》がある。」

といった。みんなはなんだろうかと思った。

「それは、いまのおじいさんを町までつれていって、ごんごろ鐘《がね》にあわしてあげることだ。」

みんなはだまってしまった。なるほどそれは、だれもが胸《むね》の中で思っていたことだ。いいことにはちがいない。しかしみんなは、きのう、町までいってきたばかりであった。またきょうも、おなじ道を通っておなじところにいってくるというのはおもしろいことではない。

しかし、

「さんせい。」

と、紋次郎君《もんじろうくん》がしばらくしていった。

「ぼくもさんせい。」

と勇気《ゆうき》をふるってぼくがいった。すると、あとの者《もの》もみなさんせいしてしまった。

「本日の常会《じょうかい》、これでおわりッ。」

と松男君《まつおくん》がさけんで、たあッと門の外へ走りだした。みんなそのあとにつづいた。

亀池《かめいけ》の下でおじいさんのうば車に追《お》いついた。ぼくたちはおじいさんの息子《むすこ》さんにわけを話して、おじいさんをこちらへうけとった。おじいさんは子どものようによろこんで、おじいさんは、長い顔をいっそう長くして、あは、あは、とわらった。ぼくたちもいっしょにわらいだしてしまった。

なにも心配《しんぱい》する必要《ひつよう》はなかった。きのう通ったばかりの道でも、すこしもたいくつではなかった。心に誠意《せいい》をもってよいおこないをするときには、ぼくらはなんどおなじことをしてもたいくつするものではない、とわかった。

それに、おじいさんがいろいろおもしろい話をしてくれた。

ただ一つこまったことは、うば車のどこかがわるくなっていて、おしていると右へ右へとまがっていってしまうことだった。だからおす者《もの》は、十メートルぐらいすすむたびに、うば車のむきをかえねばならなかった。ぼくたちはこのやっかいなうば車をかわりばんこにおしていったのである。

正午じぶんに、ぼくたちは町の国民学校《こくみんがっこう》についた。きのうのところになつかしいごんごろ鐘《がね》はあった。

「やあ、あるなア、あるなア。」

と、おじいさんは鐘が見えたときいった。そしてさわりたいから、そばへうば車をよせてくれ、といった。ぼくたちは、おじいさんのいうとおりにした。

おじいさんはうば車から手を
さしのべて、なつかしそうに
ごんごろ鐘《がね》をなでていた。

ぼくたちはべんとうをもっていなかったので腹《はら》ぺこになって、村に二時ごろ帰ってきた。それから深谷《ふかだに》までおじいさんをとどけにいってくるのはらくな仕事《しごと》ではなかった。が、感心《かんしん》なことにだれもいやな顔をしなかった。ぼくらはびっこをひきひき深谷までゆき、おじいさんをかえしてきた。

夕ごはんのとき、きょうのことを話したら、おとうさんが、それはよいことをした、とおっしゃった。

「ん、そういえば、あのごんごろ鐘《がね》は深谷のあたりでつくられたのだ。いまでもあのあたりに鐘鋳谷《かねいりだに》という名ののこっている小さい谷があるが、そこで、鋳《い》たということだ。そのころの若《わか》いもんたちは、三日三晩《みっかみばん》、たい、たらという大きなふいごを足でふんで、銅《どう》をとかす火をおこしたもんだそうだ。」

それでは、あのおじいさんもまたごんごろ鐘《がね》とふかいつながりがあったわけだ。

ぼくはまたしても思いだした、吉彦《よしひこ》さんが鐘をつくときいったことばを——。

「西の谷も東の谷も、北の谷も南の谷も鳴るぞ。ほれ、あそこの村もこの村も鳴るぞ。」

ちょうどそのとき、ラジオのニュースで、きょうもわが荒鷲《あらわし》が敵《てき》の○○飛行場《ひこうじょう》を猛爆《もうばく》して多大の戦果《せんか》をおさめたことを報《ほう》じた。

ぼくの眼《め》には、爆撃機《ばくげきき》の腹《はら》から、ばらばらと落《お》ちてゆく黒い爆弾《ばくだん》のすがたがうつった。

「ごんごろ鐘もあの爆弾になるんだねえ。あの古ぼけた鐘が、むくりむくりとした、ぴかぴかひかった、新しい爆弾になるんだね。」

とぼくがいうと、休暇《きゅうか》で帰ってきている兄さんが、

「うん、そうだ。なんでもそうだよ。古いものはむくりむくりと新しいものに生まれかわって、はじめて活動《かつどう》するのだ。」

といった。兄さんはいつもむつかしいことをいうので、たいていぼくにはよくわからないのだが、このことばは半分ぐらいはわかるような気がした。古いものは新しいものに生まれかわって、はじめて役立《やくだ》つということにちがいない。

星砂《ほしずな》のぼうや

灰谷健次郎

「どこまでいくの？」

星砂《ほしずな》のぼうやはホンダワラにきいた。

ホンダワラは、

「むあああーん。」

と、のんびり、のっそりいった。

「いつだって、むあああーんばっかり。」

星砂のぼうやは、ふまんそうにいった。

「ぼく、おうちへかえりたいよう。」

ぼうやは、こんどは星砂のかあさんにいった。

「手をはなしちゃだめ。しっかりホンダワラさんにつかまっていなさい。」

ホンダワラはむあああーんで、かあさんはしっかりつかまっていなさいばっかりで、つまんない。

「ぼく、サザナミヤッコのおねえさんと遊《あそ》びたい。」

いまごろ、サザナミヤッコのおねえさんは青い海のそこを、ゆめみるような顔をして、るろりんるろりんと、およいでいるにちがいない。

「ぼく、アカホシサンゴガニちゃんといっしょに、おちちをのみたいナ。いま。いまだよ。」

はさみでしっかりサンゴにつかまって、サンゴのあまーいおちちをいつまでもすっているアカホシサンゴガニのことを、星砂《ほしずな》のぼうやは思った。

かあさんはだまっている。

「このあいだ、クマノミちゃんとけんかをしたんだ。まだ、しょうぶがついてないいんだよ。」

あいつ……、と星砂《ほしずな》のぼうやは口のなかで、なつかしそうにつぶやいた。

あいつはインギンチャクのそばから、すこしもはなれようとしないくせに、ちかづくと、じき、けんかをふっかけてくる。ちっちゃくて、かわいいくせしてさ。

クマノミは、夜はイソギンチャクにしっかりだかれてねむっている。

「あ、そうだ。チョウチョウウオくんと、オオイソバナのところでかくれんぼをしていて、また、あしたもやろうって、やくそくしたんだ。はやくかえらないと、ぼく、うそつきになっちゃうよ。」

星砂のぼうやは、つぎつぎ友だちのことを口にした。

「おまえは友だちがおおくて、しあわせだね。」

と、星砂のかあさんはいった。

「モンガラカワハギのおばさん、どうしているかなあ。きょうも、わたしのようふくはきれいだろって、じまんしてる？」

星砂《ほしずな》のかあさんはなにもこたえず、そのかわり、くすんとわらった。

とつぜん、大きな波《なみ》が、どんときた。星砂のぼうやは、ゆさりと、大ゆれにゆれた。

「わっ、わっ、わっ。」

ぼうやはホンダワラにしがみついた。

だけど、大きな波は、それっきりだった。

まっ白な砂浜《すなはま》が見えた。

「ぼく、しらないよ。あんなところにのりあげてしまったら、もう、おうちにかえれないよ。」

はんぶんなきべそ顔で、星砂のぼうやはいった。

「しんぱいしないで。」

星砂《ほしずな》のかあさんは、おちついている。

「ホンダワラさんにくっついているのは、わたしたちだけじゃなくて、シロイカさんのたまごもでしょ。」

シロイカのたまごは、たくさんくっついていた。

「たまごからあかちゃんがかえるまで、こまることなんて、めったと、おこりはしないわ。」

星砂のぼうやは、すこしあんしんした。

「すこし、おねむり。ここはしずかな湾《わん》だから、もう、そんなにしがみついていなくてもだいじょうぶ。ほら、スズメダイのあかちゃんがエダサンゴのあいだで、元気に遊《あそ》んでいるのが見えるでしょう。」

スズメダイの遊んでいるようすを見て、星砂のぼうやは、かあさんにいわれたとおり、ちょっぴりねむった。


「エイサ、エイサ、エイサ。」

「エイサ、エイサ、エイサ。」

星砂《ほしずな》のぼうやは目をさました。

「なに？　あの声。」

「人間の子どもがカヌーをこいでいるんだよ。」

「どこかへいくの？」

「どこへもいきやしないよ。ああして、からだをきたえているの。」

ここはとてもうつくしい海だから、遠いところから、たくさんの子どもたちがあつまってくるのよ、と、かあさんはつけくわえた。

星砂のぼうやはスジクロハギの子が、よくかけっこをしていたのを思

いだした。

ニシキエビのおじさんが、そうぞうしいって、よく、おこっていたっけ。

「そうぞうしいって、だれかがしからない？」

「しかるもんですか。平和《へいわ》で、とてもすばらしいことだわ。」

星砂《ほしずな》のかあさんはいった。

「ヘイワって、なに？」

ぼうやはたずねた。

「じぶんのことに、むちゅうになることよ。」

そうか、じぶんのことにむちゅうになることとか、と星砂のぼうやは思った。

「ぼくの友だちは、みんなヘイワだね。」

星砂《ほしずな》のかあさんは、にこっとわらってうなずいた。

「ホンダワラちゃん。きみ、ヘイワ？」

星砂のぼうやはたずねた。

「むほほほーん。」

と、ホンダワラは、やっぱり、のんびり、のっそりいった。

「むほほほーんのヘイワだね。」

星砂のぼうやはいった。

「あの子はどうしてカヌーをこがないの？」

「島《しま》の子のようだね。」

と、かあさんはいった。

サバニ（丸木舟《まるきぶね》）のそばに、その子がいた。

おじいさんとふたりっきりだった。ふたりは舟の手入れをしていた。

星砂《ほしずな》のかあさんとぼうやは、耳をすましました。

「まだ、ぬる？」

「まだ、ぬるさ。」

「サメのあぶらはくさいね。」

「サメのあぶらはくさいさ。だけど、舟《ふね》にはこれがいちばんだ。」

「じいちゃんのサバニは、かんろくだね。黒びかりしてる。」

「こいつは、おまえにゆずるさァ。」

「うん。」

「ほんとうは、じいちゃんがおまえのとうさんにゆずって、おまえは、とうさんからこいつをゆずってもらうのが、いちばんよかったんだ。」

「うん。」

「でも、それをいっちゃいけないな。」

「じいちゃん。」

「なんだ。」

「まだ、どこかで戦争《せんそう》してる?」

「……。」

ざっざっざっと、小さな波《なみ》がきた。ふたりの声は、波の音で、ききとれなくなった。

「センソウって、なに?」

星砂《ほしずな》のぼうやはたずねた。

「人がたくさん死《し》ぬことだよ。」

「あの子の、とうさんはセンソウで死んだの?」

「……。」

かあさんはだまった。

しばらくして、星砂《ほしずな》のかあさんはぽつりといった。

「戦争《せんそう》で死《し》ぬのは人だけじゃないよ、ぼうや。」

ぼうやはかあさんを見た。

「こんなうつくしい海に、鉄《てつ》のふねがいっぱいやってきて、赤い火の玉を島《しま》じゅうにふらしたの。だれも、はなしのできないほどの大きな音がして、そして、だれもはなしをしなくなったの。」

星砂ぼうやは、かあさんから目がはなせなくなった。

「みどりのなくなった島に、何日も何日も雨がふって、赤い水が海へながれてきたたわ。」

星砂のかあさんは、かなしそうな顔をした。

「ぼうや。」

「………。」

「ぼうやは日光が大すきで、きれいな海が大すきでしょ。」

星砂《ほしずな》のぼうやは、こっくりうなずいた。

「星砂のなかまは、そんなところじゃないと生きていけない。」

星砂のぼうやは、なきだしそうな声をだした。

「死《し》んじゃったの？」

かあさんは、つめたく、さびしくいった。

「たくさん、たくさん。ほんとにたくさん。」

星砂ぼうやの目に、ぽっちりなみだがうかんだ。

その夜は明るい月夜だった。
シロイカのたまごはだんだんとうめいになり、なかのあかちゃんは、
くるりくるりと、ちゅうがえりをうった。

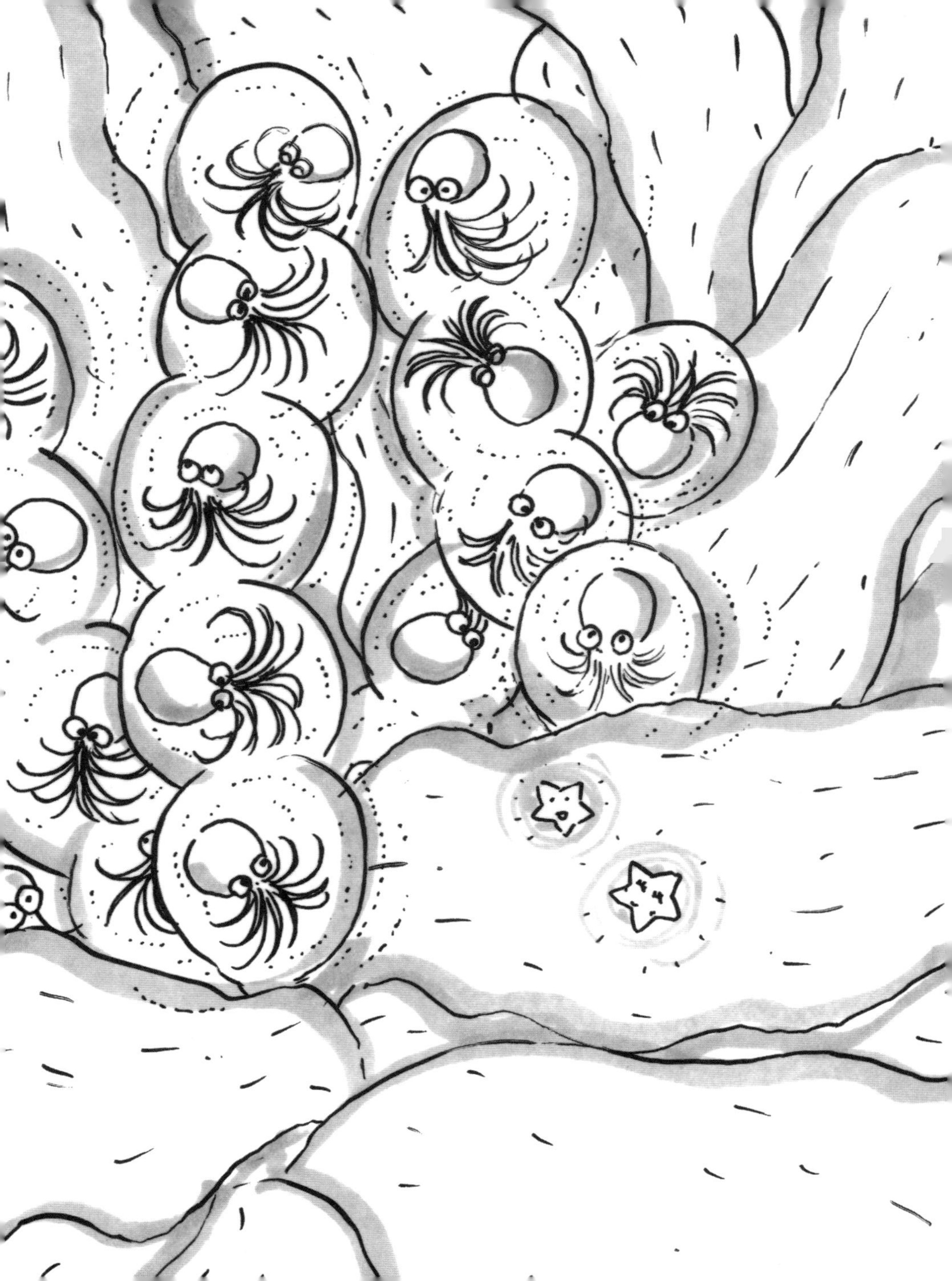

星砂《ほしずな》のぼうやとかあさんは、いつまでもいつまでも、それを見ていたのだった。

朝、海はぐおおんと青い色にもえた。

星砂のぼうやは、ちょっとねぶそくの目を、ちょばちょばさせた。

砂浜《すなはま》に女の子や男の子たちが、かんせいをあげ、かけてきて、砂に手を、ぺったんこぺったんこ、おしつけた。

目をこらし、手のひらにくっついている小さな小さな星のかけらをみつけると、大きな声をだした。

「星砂みつけたァ。お星さまの子どもだよ。」

星砂のぼうやは、かあさんと目をあわせ、うれしそうに、くくくくとわらった。

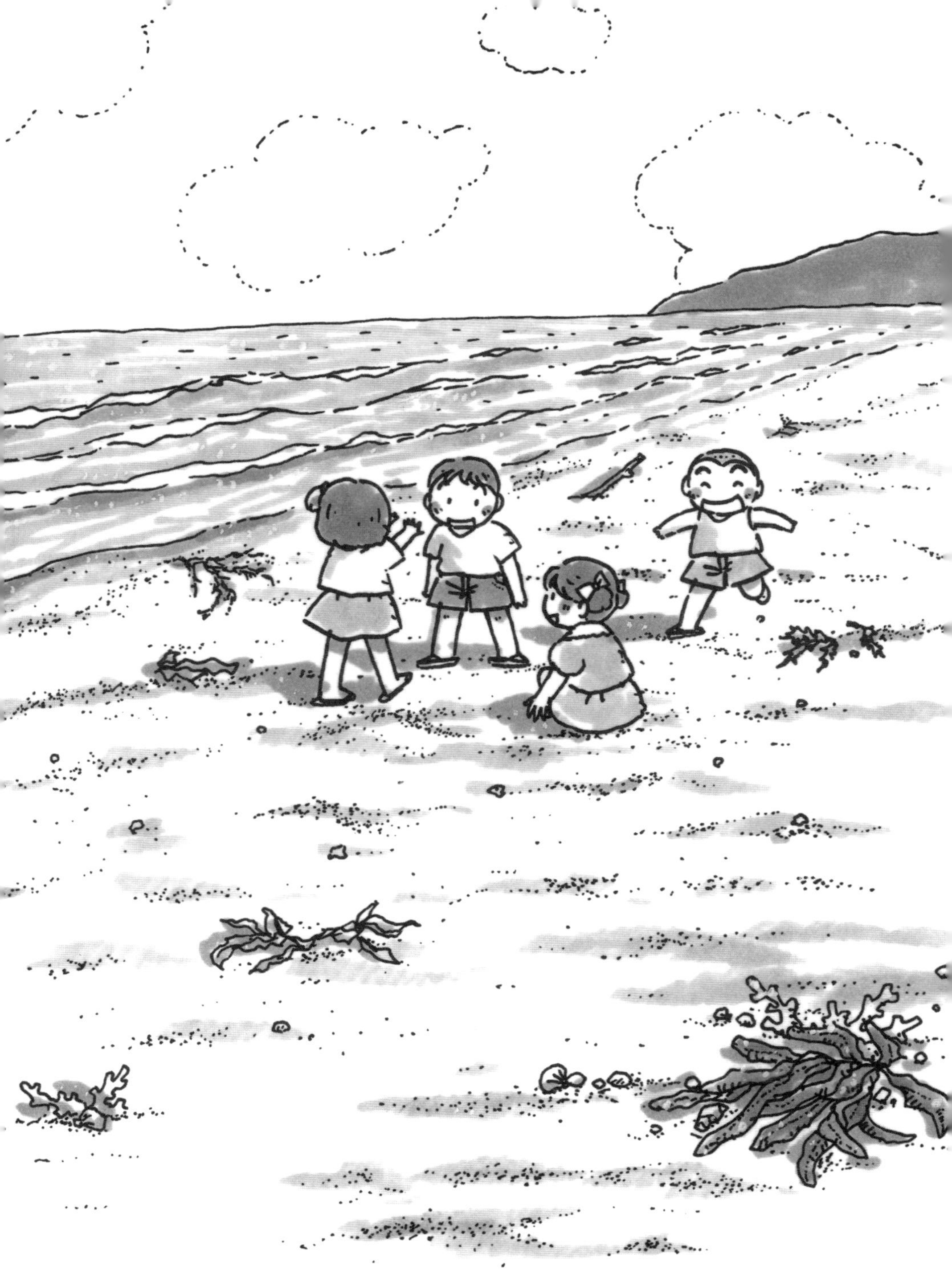

解説

西本鶏介

日本が戦争《せんそう》に負《ま》けてから今年で七十年がたちます。その年に生まれた子どもが七十歳《さい》の老人《ろうじん》になるのですから、戦争体験者《たいけんしゃ》が少なくなるのは当たり前です。平和《へいわ》な時代《じだい》に生まれ育《そだ》った人たちには、戦争の悲惨《ひさん》さが実感《じっかん》できず、あの忘《わす》れがたい原爆投下《げんばくとうか》ですら、遠い歴史《れきし》上の出来事《できごと》に思えるかもしれません。

しかし、悲《かな》しいことにいまも世界《せかい》のどこかで戦争が起《お》きていて、たくさんの人たちがいのちを落《お》とし、飢《う》えに苦《くる》しんでいます。なんの罪《つみ》もない子どもまで、どうして殺《ころ》さなくてはならないのか、テレビのニュースを見るたび胸《むね》が痛《いた》みます。戦乱《せんらん》の中で生きねばならない人たちのことを思うと、私《わたくし》たちは平和で、飢えることもない国に住《す》んでいる幸《しあわ》せをかみしめなくてはなりません。

と、同時に太平洋《たいへいよう》戦争で思い知った貴重《きちょう》な体験を風化《ふうか》させず、二度《ど》とおろかな戦争をしないためにはなにを心がけ、どんな社会にすべきかを考える必要《ひつよう》があります。戦争がいかに非人間的《ひにんげんてき》で、生きるよろこびをうばいとる悪事《あくじ》の象徴《しょうちょう》であるかを自覚《じかく》すべきです。戦争《せんそう》の体験《たいけん》がなくても、それを教えてくれる小説《しょうせつ》や童話《どうわ》によって戦争のおろかさと平和《へいわ》のありがたさを学ぶことができます。すぐれた作品《さくひん》を読めば、たとえ子どもであっても戦争の本質《ほんしつ》を知ることができます。

かつては戦争児童《じどう》文学と呼《よ》ばれるジャンルがあったほど、戦争体験をテーマにした小説や童話が数多く書かれました。すでに古典《こてん》となった『ビルマの竪琴《たてごと》』や『二十四の瞳《ひとみ》』などはいまも広く読みつがれています。

この「戦争と平和のものがたり」シリーズは、戦争をテーマにした童話や戦時下に生きた人たちの姿《すがた》を描《えが》いた、まさに戦争児童文学ともいうべき貴重《きちょう》な作品を収《おさ》めたものです。ほとんどが短編《たんぺん》で、読みやすく、戦争のおろかさといのちの尊《とうと》さがしっかりと伝《つた》わり、すぐれた文学としての感動《かんどう》をあたえてくれます。戦争という極限状態《きょくげんじょうたい》にある人間の真実《しんじつ》の声も聞きとることができます。

戦争による人間の残酷《ざんこく》さを強調《きょうちょう》したり、戦争反対即《はんたいそく》平和をいいたてたりするような作品は本当の戦争文学とはいえません。いのちをかけて人を愛《あい》し、絶望《ぜつぼう》の中にあっても幸せを探《さが》しもとめる、そんな戦争の圧力《あつりょく》にも負《ま》けない庶民《しょみん》のヒューマンな生き方を描《えが》いた作品《さくひん》こそが読まれるべき戦争《せんそう》と平和《へいわ》の物語《ものがたり》だと思います。このシリーズの作品はいずれも戦争の真実《しんじつ》を描《えが》こうとする作者《さくしゃ》の熱《あつ》い思いにあふれています。

「ちいちゃんのかげおくり」は、空襲《くうしゅう》でなくなった人への鎮魂《ちんこん》の祈《いの》りにも似《に》た童話《どうわ》です。「かげおくり」という遊《あそ》びをちいちゃんに教えてくれたのは、出征《しゅっせい》する前の日のお父さんでした。そのお父さんの無事《ぶじ》を願《ねが》う家族《かぞく》にも突然《とつぜん》の悲劇《ひげき》がおとずれます。焼《しょう》夷弾《いだん》によって火の海になった町の中を、おかあさんの手を握《にぎ》って逃《に》げるちいちゃんとおにいちゃん。そして、ひとりぼっちになったちいちゃんは、夢《ゆめ》の中でみんなと「かげおくり」をしながらあの世《よ》へと旅《たび》だっていくのです。思わず胸《むね》がいっぱいになり、心の底《そこ》から戦争を憎《にく》みたくなります。ちいちゃんはどうして死《し》んだのか、その意味《いみ》が小さい子どもたちにも理解《りかい》できる童話で、空の上の花畑《はなばたけ》をかけるちいちゃんの笑顔《えがお》が目に浮《う》かびます。

「かきとラッパ」は、村の子どもたちと兵隊《へいたい》さんの交流《こうりゅう》をたんたんと描《えが》きながら、おろかな戦争をしずかに告発《こくはつ》している童話です。子どもたちの持《も》っている柿《かき》がほしくて、隊長《たいちょう》の命令《めいれい》も聞かずにラッパを吹《ふ》いてしまった兵隊さん。ただそれだけの出来事《できごと》であっても、やがて待《ま》ち受《う》ける運命《うんめい》を考えると切ない気持ちになります。まっ赤にうれた柿《かき》は、兵隊《へいたい》さんに故郷《こきょう》やそこへ残《のこ》してきたわが子のことを思い出させたのかもしれません。子どもたちとの出会いは、戦場《せんじょう》に出かける前の幸《しあわ》せなひとときでもあったのでしょう。片手《かたて》に柿をさげ、子どもたちをふり返《かえ》って、「こら、こどもくん、さよなら」という兵隊さんの笑顔《えがお》と、声をそろえて「バンザイ」を叫《さけ》ぶ子どもたちの姿《すがた》が心に残ります。

「戦争《せんそう》にでかけたおしらさま」は、おしらさまと呼《よ》ばれる木の棒《ぼう》で作った家の守《まも》り神《がみ》が、出征《しゅっせい》する村の若者《わかもの》とともに船で戦場に行く途中《とちゅう》、敵《てき》の潜水艦《せんすいかん》の攻撃《こうげき》を受《う》け、行方《ゆくえ》不明《ふめい》になった若者のことを家族《かぞく》に知《し》らせるため、黒こげになったまま村へもどってくるという不思議《ふしぎ》なお話です。村の平和《へいわ》を守り、田畑《たはた》に豊《ゆた》かなみのりをもたらす神さままでが、戦争に勝《か》つことを願《ねが》って戦場へ出かける狂気《きょうき》の時代風景《じだいふうけい》がよみがえってきます。おまわりさんの前では、息子《むすこ》がりっぱな兵隊になるように祈《いの》ったといいながら、心の中では戦場に行かないことを願うおっかあも、無力《むりょく》になったおしらさまになおも孫《まご》の無事《ぶじ》を祈るおばあも、必死《ひっし》で戦争に耐《た》えてきた庶民《しょみん》の本当の姿《すがた》です。

「大もりいっちょう」は、戦時中に田舎《いなか》へ集団疎開《しゅうだんそかい》させられた子どもたちの苦《くる》しい生活を描《えが》いた童話《どうわ》で、戦争はすべての国民を苦しめることがよくわかります。満足《まんぞく》に食べるものもなく、遠く家を離《はな》れての集団《しゅうだん》生活は、小学生たちにとって地獄《じごく》のような毎日です。絵にかいた食べものを眺《なが》めて食べるまねをするなんて悲《かな》しすぎます。かわいそうにヒコジは白いごはんだけの絵さえかいてもらえませんでした。でも、「もし大もりのごはんの絵をかいてあげたら、ヒコジはお寺から逃《に》げだし、がけから落《お》ちて死《し》ぬことはなかった」と後悔《こうかい》するススムを批判《ひはん》することはできません。ボスにさからえば生きていけないからです。「くいてえ、くいてえ」というヒコジの声が耳から離れません。

「ごんごろ鐘《がね》」は、数多い南吉童話《なんきちどうわ》の中で太平洋戦争《たいへいようせんそう》中の出来事《できごと》をあつかった唯一《ゆいいつ》の作品《さくひん》といえます。昭和《しょうわ》十七年ごろに書かれたもので、その三年後に日本は敗《やぶ》れます。真正面《ましょうめん》から戦争を批判《ひはん》したものではなく、村人たちが長年大切にしてきた尼寺《あまでら》の鐘が献納《けんのう》されることになり、その別《わか》れを惜《お》しむ人たちの姿《すがた》がたんたんと描《えが》かれているだけです。当時は爆弾《ばくだん》にするからという軍《ぐん》の命令《めいれい》で、あちこちの釣鐘《つりがね》を寄附《きふ》させられ、どの寺でも泣《な》く泣く供出《きょうしゅつ》しました。鐘は四つの谷の村人が協力《きょうりょく》して作ったもの、だからこそ乳母車《うばぐるま》にのってまでお別れにくる人がいるのです。なぜ、その鐘を供出しなければならないのか、南吉《なんきち》は暗黙《あんもく》のうちに戦争《せんそう》を批判《ひはん》しているように思います。

「星砂《ほしずな》のぼうや」は、戦争と平和《へいわ》の違《ちが》いをファンタジーで描《えが》いた詩的《してき》な作品《さくひん》で、作者《さくしゃ》の住《す》んでいた沖縄《おきなわ》のコバルト色の海と白い砂浜《すなはま》が目に浮《う》かびます。たくさんの友だちにかこまれ、幸《しあわ》せな毎日《まいにち》をおくる星砂のぼうや。しかし、この美《うつく》しい島《しま》もかつては「鉄《てつ》のふねがいっぱいやってきて、あかい火の玉を島じゅうにふらした」のです。そして大ぜいの人が死《し》に、中にはみずからいのちを絶《た》った女の人たちもいました。作者は星砂のぼうやのかあさんにたくして問《と》いかけます。平和とは自分のことに夢中《むちゅう》になれること、戦争とは人がたくさん死ぬこと。星砂のぼうやを探《さが》して歓声《かんせい》をあげる人間の子どもたちの姿《すがた》から、永遠《えいえん》の平和を願《ねが》う作者の思いをしっかりと受《う》けとめたいものです。

編　西本鶏介（にしもと・けいすけ）

1934年、奈良県に生まれる。国学院大学文学部文学科卒業。昭和女子大学名誉教授。評論家、民話研究家、童話作家として幅広く活躍しており、著書は600冊余を数える。主な本に、『幼児のためのよみきかせおはなし集』「西本鶏介児童文学論コレクション（全3巻）」『もういちど読みたい子どものための文学』（以上ポプラ社）『文学のなかの子ども』『童話が育てる子どもの心』（以上小学館）「子どもとお母さんのためのお話（日本のお話・世界のお話）」（講談社）『女の子に贈りたい名作』『男の子に贈りたい名作』（以上ＰＨＰ研究所）などがある。第36回巌谷小波文芸賞特別賞を受賞。

絵　武田美穂（たけだ・みほ）

1959年、東京都に生まれる。生命力あふれる表情豊かな絵で、子どもの世界を力強く表現している。自作の絵本に『となりのせきのますだくん』（講談社出版文化賞絵本賞、絵本にっぽん賞）に始まる「ますだくん」シリーズ、『ふしぎのおうちはドキドキなのだ』（絵本にっぽん賞）、『すみっこのおばけ』（日本絵本賞読者賞、けんぶち絵本の里大賞）などがあり、そのほかに『おかあさん、げんきですか。』（日本絵本賞大賞、同読者賞・以上ポプラ社）などがある。

掲載作品初出一覧

『ちいちゃんのかげおくり』あかね書房　1982年
「かきとラッパ」（『お父さんの手紙』より）横山書店　1941年
『戦争にでかけたおしらさま』サンリード　1982年
『大もりいっちょう』偕成社　1978年
『ごんごろ鐘』有光社　1942年
『星砂のぼうや』（『新潮現代童話館1』より）新潮社　1992年

※作品の一部に、現代においては不適切と思われる語句、表現等が見られますが、執筆当時の時代背景に照らしあわせて考え、原文を尊重し、原則として発表当時のままといたしました。
また、原文の表現を損なわない範囲で漢字をかなに改め、難読と思われる漢字にはふりがなをつけました。（編集部）

戦争と平和のものがたり 1 ちいちゃんのかげおくり

二〇一五年三月　第一刷
二〇二二年二月　第二刷

編　西本鶏介
絵　武田美穂

発行者　千葉　均
編　集　松永　緑　潮　紗也子
装　幀　楢原直子

発行所　株式会社ポプラ社
〒一〇二‐八五一九　東京都千代田区麹町四‐二‐六
ホームページ　www.poplar.co.jp

印刷所　瞬報社写真印刷株式会社
製本所　株式会社ブックアート

 ISBN978-4-591-14371-1 N.D.C.913 / 126P / 21cm

P4113001